# Barnmorskan i Byarum

## Helmer Karlsson

# Barnmorskan i Byarum

## Helmer Karlsson

Förlag: BoD – Books on Demand, Stockholm, Sverige
Tryck: BoD – Books on Demand, Norderstedt, Tyskland

ISBN: 978-91-8027-787-7

*Alfabetets användning anar aporna aldrig.*

*Alf Henrikson*


*Föreningen för flugighetens främjande.*

*Povel Ramel*

Här finner du Barnmorskans alla vänner i ABC-landet.

ASARUM

BYARUM

CHARLOTTENLUND

DOROTEA

ENKÖPING

FREDRIKA

GÖTLUNDA

HOVS HALLAR

INDALEN

JÄRBO

KNALLEBYGDEN

LÖNSBODA

MORA

NÄVERTORP

ODENSALA

PÅLSBODA

RIMBO

STOCKHOLM

TRANÅS

UPPSALA

VILHELMINA

YXNANÄS

ZINKGRUVAN

ÅDALEN

ÄNGELHOLM

ÖLAND

Duvorna dejtar

Tusen tranor

Ålen ålar

Barnmorskans bröllop.

Haren hoppar hage

Tore torskar          Räven raskar…

Sju sidor skvaller     Tusen tranor Yusari Kawabata)

Kungen kommer

Isterbandsrecept


Kråkorna kraxar          Fem farliga F

Eländes elände

Baguetter bästa brödet 2022


Kyss Karlsson          Förfiningen fortsätter


Masen mejar

Hästarna håller hov

Vem är

Helmer Karlsson? Egentligen.

*Hej, käre läsare, kul om du gillar*

*Barnmorskan* och hennes vänner.


Varför vara anonym?

Ordbehandlare, ett bra ord. Vem jag är spelar

ju ingen roll för dig som läsare, det är orden och

de känslor orden väcker.

*Helmer*

# Attentatet

Asarums allmänhet anade angenäm agenda.

**Alerta ambulanspersonalen arrangerade**

*Afterwork.*

Arbetet avstängdes, alla avslutade arbetet. Alarmen avbröts. Alla anlände absolut avspända. Allt ambitiöst anordnat av Anna. Annas altan angenämt anpassad. Alla applåderade attraktionerna. Aperitifen avsmuttades angenämt. Alla avsmakade alltsammans allteftersom: anka, avokado, ananas. Aptitligt. Angenäma anrättningar avnjöts andäktigt. Alkoholvarianterna ansvarsfullt använda. Allsång anordnades. Arholmavalsen, Aspåkerspolska altandansade alla. Anammade arbetslivets anekdoter. Aftonen attraktiv, avkopplande, ansåg alla.

Ansvarskännande allmänhet anmälde attentatet, absolut absurt. Avslutning anbefalldes. Ansvarsnämnden aviserade allas avsked. Avbryt attentatet!!!Akutsjuka avlider.

Aktuelltproducenten avbröt aftonsändningen. Aftonbladet anade atomeffekt. Allers avvaktade astrologisk analys. Agendas argusögon arrangerade allmänpolitisk ansvarsdebatt.

Anna ansåg aftonen affekterad av andra. Adrian anmodade akutläkaren anskaffa Alvedon. Altanfesten avslutades abrupt.

Ambulansföraren Aina avsmakade apelsinjos *athome*, ansträngd. Antog allas absoluta absolution. Aina ansåg aktionen användbar, aktualiserade ambulanspersonalens anställningsvillkor.

Annas Afghanhund angenämt avhållen av alla. Aftonfalken angör apeln, avsmakade astrakanerna aptitligt.

# Barnmorskans bröllop

Byarums berömde byggmästare Börje Bylund
byggde bostadskvarter bra, billigt, bastant.
Byalaget berömde. Bygden blomstrade.

*Bachelor* Börje, barnmorskan Beata beredde
bröllopsfest.  Bjöd bekanta brevledes.

Beställde "Bästa bordets" berömda buffé. Bäst
blev bruna bönor. Botten! Buu!! Bubbelglasets

Bollinger bättrade betyget betydligt.
Bryggkaffe, bröllopstårta, bröstkarameller bjöds brett.

Biskopen betonade beredvilligt bröllopets betydelse. Bruden blev berörd, brudgummen bleknade. Brudkyssen blöt. Bröllopsgåvorna blev: blommor buntvis, besöksbiljetter bästa badhotel blev berättade. Beata beundrade. Brodern Bertils bröllopstal:  Beata, bygdens bästa barnmorska. Bra, blir bara bättre. Både babyn, barnaföderskan behöver betryggande behandling. Behandlingen blir bravader.

        Borden bars bort. Brudparet började Brännö brygga. Buggandet blev basen. Brädgolvet bågnade. Bastubad behövdes.

Bröllopsfesten blev bejublad.

Beatas bulldogg beslagtog brudsängen, betittad, beundrad, belåten. Bjöds bröllopsmat. Borden bars bort.

Bröllopsresan, betald biljett bort Bali. Beata badade, balikustens blåa badvik behagade. Beatas baddräkt behövde breddas, breddas bättre, bättre. Börje beundrade Beata.

Bröllopsparets byarumsvardag. Beata besökte BB. brådskande. Börje beskådade bedårande baby. Beräknade bakåt. Bravo, bröllopsnatten! Bravo.

Beata beundrade brushanens brunspräckliga bröst. Björktrastens bastanta björk bugade. Beundrade biologiska bedrifter. Bofinken byggde bo. Bävern byggde bo bredvid bäcken. Bäckens björkar bågnade, bröts. Bamsige brunbjörnen bevistade blåbärsskogen.

Charlottenlunds celebra cineaster cirkelstuderade. Crosby, Charlies Chaplin citerades, Claudia Cardinale, Claudette Colbert charmade. Carlsson centralfigur.

Cinomatograffilm: Chaplins Cirkus.

Champagne, cigaretter cirkulerade.

Covidsmittan chockerande.

Cikadan cissade

# Dianas dopkalas.

Doroteas durkdrivna direktör Dorotea Dalberg döpte dottern. Dopfest, dussintals deltagare. Doroteas digra dagligrum dög definitivt. Duggregn den dagen. Dagrummet detaljrikt dekorerat, drällduk dolde dopbordets defekter.

Domprosten ditkallad, döpte dunungen direkt: Diana, ditt dopnamn. Diana demonstrerade dock. Dopgåvor: diadem, dunjacka. Dockan diger.

Dopbordet dukades delikat, dessutom dracks
druvsaft.

Dopgästerna dansade.

Diakonissan diskade.

Domprosten deklamerade Dickens.

Däkan diade, droppade dessutom.

Debuten dundersuccé, dundrade Dorotea.

Dopgästerna diskuterade dubblettens debut.
Dorotea dolde dock detta.

Duvorna dejtade. Dovhjortar, den dejliga
djurfamiljen, diggade dungen därute.
Domherrarna delade deltagarnas delaktighet.

# Ekonomisk ekoodling.

Ekonomen Erland Eriksson, Enköping, EU-expert, erinrade Europas enande eftersträvansvärt.

Evald erbjöd ett enastående event. Erfarna ekonomer erbjöds entrébiljett. Endast ekoodlade endiver erbjöd ekonomen. Enbärsdricka, en elexir, enligt Erland, en Euro extra.

Egendomligt evenemang, erinrade ekonomerna. Egoist! Efemär effekt!

Energiskt, erinrade Evald: elegans, entusiasm, energi ersätter extravaganser. Erinrade ekonomiska egenheter:

Ekonomiplanering erbjuder expansion, extraförtjänster eller eländes elände.

Ekonomikonsulter experimenterar.

Ekonomiministern eluderar.

Ekobrottsmyndigheten expanderar.

EU erbjuder extrahjälp.

Ekot ekonomirapporterar, exemplifierar.

Egnahemshyror, egethushållskostnader exploderar.

Ekorrar experimenterar ej, endast ekologiska ekollon erkänns. Ekoxen erövrar ekens ekobark energiskt.

# Förmögna föräldrar.



Föreningen För Förmögna Föräldrar firade femtioårsjubileum. Fru Fredrika fixade festen förträffligt. Följande festmat fanns: fondue, fjällröding, fikonsufflé. Fungerade fenomenalt.

Flaskornas formidabelt fina fyllning försvann fort, fyllda för finsmakare.

Föreningsmedlemmarna fröjdades för fullt. Fiolmusikern Filip framförde frenetisk frisk foxtrot. Filmen "Farliga förbindelser förevisades. Flickan Fanny fångade flugor för fröjd. Fänrik Fransson fes, förmodligen frivilligt. Fina flickorna fnissade: Fult, fänriken, fy för fan! Fransson frustade: fittstim!

Föreståndaren framhöll föreningens fundamentala framgångar. Förmögenheten flerfaldigats. Förefaller finnas fortsatta framgångar för föreningsmedlemmarna. Farliga framtidsvisioner framfördes faktiskt.

Finkarnas flitiga flygande fascinerade, fängslande fåglar från fönstret. Festdeltagarna fyllde fåglarnas fröbord. Flugsnapparen fångade flugor för födan.

Götlundas gedigna gårdstun grönskar. Gröna gräset gläder gårdens godsägare, globetrottern. Gårdens gröna, granna grödor gav gott gensvar.

Grabbarna, godsägarsönerna Göran, Gösta gillade gille. Gjorde gårdsfest grundligt.

Gröna granar, glada grannar garnerade gårdsplanen. Gångar grusades. Gillets gäster gillade gårdens gröna gräsplan.

Godkänd grisfest görs grundligt. Gruppresor grundlade grabbarnas genuint gods grisfestkunskaper. Godsaker, gissningsvis grissini, gurka, glass, givetvis grillad gris, gjorde gillet gastronomisk.

Gästerna garvade gradvis: glömt groggen, genevern?   Gästerna gjorde grimaser:  genuint, gigantiskt grisaktigt gille.

Grannarnas gemenskap, givmildheten, gjorde gillet godtagbar genom givmilda goda groggar. Gradvis gungade gästernas gräsplan. Grabbarna glodde generande genom gulfärgade glasögon. Grabbarnas grämelse genuin. Grundläggande grundfadäs, groggen. Grillning genererar givetvis groggar. Genomgående.

Göran grunnade: Goda glada gäster, genuin gemenskap gottnog. Glöm gärna groggen!

Göken gol glatt. Gräsänder gödslade gräsplanen. Grågässens guppande genom gattet, gladde Gösta gladeligen.

Grisfestens gandfinale.

Hästen hoppar hage.

Husbondens hästar, hemmahörande Hovs
Hallar, hedras. Hagens håvor hittar hästarna.
Hästridning, hoppning happyend. Härliga
hästkrafter. Historisk hjälpare. Höga
hästkastanjen hindrar högsommarvärmen
hitom huset.

Hästens hus huserade hundratals hästar,
hjärtedjuren.  Höga hinder, höga hopp heter
hästtävlingar. Hastighetsloppen hetsiga.
Hinderlöpning hetsigare. Hästspelarna,

hästägarna hurrade, hoppades. Hög havre, hö hittade hästarna. Hygienen, hälsovården hög.

Högfärdiga hästägare honorerades hundrafalt. Höga hurrarop hördes, hyllade hästarna helhjärtat. Hejdundrande högreståndsfestande.

Hästarnas hjärnor?

Hur hörde hästen höga hyllningarna, hurraropen?

Hästarnas halskransar hedrar hästägarna.

# Isterbandreceptet.



Indiern Indo inskrevs inkognito i ishotellet Indalen. Instiftade isterbandssällskapet.

Isterbandsreceptet:

Intressanta internationella ingredienser: inrökt innanlår, isop, ister, ingefära.

Indo inbjöd Indalens ishockeylag. Invigning i igloon. Intensiv isterbandsfest inkl. isvatten.

Inträdet inkluderade insomningstablett. Indo insomnade ilsnabbt.

Information inifrån Instagram: Ilsken isbjörn invaderar ishotellet. Indos intuition: isterband intresserar isbjörnar. Isbjörnen inmundigade ivrigt. Initiativet infriades. Ingen isbjörnsolycka inträffade, ingen inbillning.

I Island instiftades internationella isbjörnssällskapet. Indo initiativtagare. Isbjörnarnas isareor isoleras intensivare. Islommen inväntar ivrigt isbjörnsjakens inkrom. Inga isbjörnsjägare i Ishavet! Inga isbjörnar i Indien!

Indalens igelkottar inväntar isterbandsresterna ivrigt.

Janne jagar.


Järbos juniorer jäklades, Jannes jaktintresse
jobspost, jävla jaktbög.

Järbos jaktintresserade Jan Jansson jublade:
Juni jaktsäsong. Jag jagar järv. Jannes jycke
jagade jordägaren. Juristen jagade Janne.
Jakträtten justerades, jämkades. Jämmerligt,
jämrade Janne. Jävla jakthund.

Julia, Jannes jänta, jovialisk. Julia jämrade:
Jakten, jolmigt jippo.

Jamen, jamsade Janne: jakten juste,
jaktutbildad, jaktlicens, jaktvårdare. Jag jagar
Jösse julhare just jublade Janne.

Jaktfalken, Jannes, Julias juvel, januarinöje

# Kulturkretsen.

Knallebygdens kulturprofil Karl Karlsson-Knus komponerade kulturkalas. Kostade kulor. Kulturrådet klassificerade kalaset korrekt. Kulturanslag. Konungarikets kronor kompenserade Karls kostnader. Karl kontaktade kungen. Kunde komma kommande kulturfest. Kungen kungjorde: kronprinsessan kan kula.

Karl komponerade korsord, kniviga kulturfrågor. Kulturbordet kantrade kulinariska komponenter, kallt källvatten kompletterade.

Kulturprofilerna kom. Karl kramade kvinnorna kärleksfullt.
Krävde Königsmosel. Kulturanalyser kräver

kvantiteter karaffvin. Konfidentiellt
kompletterar Karl: Koskenkorva. Konjaken
kom. Karls kunnande kompenserade kaoset.
Kulturförutsättningarna klarlagda,
komplicerade kulturfrågor korsventilerades.
Karls kära kvinna krävde kulturanalys,
kulturanalyserade.

Karl kungjorde: Kul kulturprofilerna kunde
komma. Kanske kunde kokta korven kräva
kompletterande kokning. Kulturministern
kunde konstatera: kulturintresset konstruktivt.
Kvalitet kunde konstateras. Kalle kastade
kvarvarande korv. Kajornas konsekventa
kalasande kvarstod. Kråkorna konkurrerade.
Kornknarren kom, konsumerade knappast.
Knölsvanarna kurtiserade.

Lönsbodas lantbrukare lanserade lössläppningsfest. Ladugårdens levande landskossor levde loppan, luften livgivande. Lustigt lopp. Långvarig längtan. Lediga lönsbodabor lediga. Lingondricka läskade.

Landets landsbygdspolitik luftades. Landets län lurpassade. Landsbygdsministern lovar löftesrika löften. Landet långtifrån lagom. Landsbygdsbefolkningen längtar långsiktiga lösningar. Löner, levnadsvillkor ligger löjligt

lågt. Lovande långsiktighet laxodlingens
legitimitet, lasarettsvården likartad.

Lokaliseringseffektivisering.

Lanthandeln livsviktig, lokalpressen likaså.

Logistiska lösningar lösningen?

Luftfarten luftas, ljudlösa linjeflyg lyfter.

Lokförare lovas långsiktiga löneförmåner.

Laddningsbara lågprisbilar lanseras, likaså
lastbilar. Läget ljust lovar lobbyisterna. Låt
landsbygden leva, liknar långsamhetens
långbänk. Landsbygdens luftkvalitet luftar
lungorna löftesrikt.

Ladusvalan, lärkan, lövsångaren, likaså lommen,
lyfter landsbygdens livskvalitet.

**Medborgarföreningen, Mora meddelar:** midsommarfesten måste modifieras. Mindre marknadsjippo, mera mastig mast. Möjligt möte med Monarken. Meriterande.

Moraborna mästerliga midsommarfirare. Masar mejade. Mogna, mustiga muntergökar maskerade midsommarstången. Menyn mästerlig. Maten mättade. Musiken mixades. Mora musikaliska masgrupp  musicerade, mazurka mest. Minderåriga mimade Mamma Mia.

*Meningsskiljaktigheter.*

Maktmänniskor murade murar mittför masterhuset. Maximalt möte med människor, modell medelklass modellen. Meningsutbyten med minkförsedda madamer, myglare, miamiresenärer, mästerkockar mm maximerar maximala miljön. Makten manifesteras.

Miljonerna multipliceras mångfalt. Mutor möjliga. Möjliggör möjlig manipulation.

*Måste mätta mättas mer?*

Maskdekorerade marxister mässade mot miljonärernas makt, måste minskas. Medför maximal miljöförstöring, Militära metoder måste medges. Måttfullhet missades

mestadels. Medelvägen måste möta
människorna. Mera makt åt medborgarna,
menade medelsvensson.

Mesarna mysiga, menar man, måsarna
maximala metarförmåga.  Medborgarna missar
mestadels måsars, mesars mästerliga mix.

# Nattens nakenhet

Nävragöls naturvårdsförening nalkas nittioårsfirande. Naturintresserades naturliga nyfikenhet nagelfars. Naturupplevelser njutbara. Nutidsmänniskans naturliga nisch, närkamp

Naturlig nudistfest nalkas naturligt normalt. Nio nya nudister nynnade nyskrivna notskrifter. Naturmaten nylagad, nyttig. Nötter, nektariner, nyponsoppa njöts. Nyktra nubbar njutbara.

Nakendansen nyttjades naturligtvis, närheten
nåddes.

Nittioåringar nickade nattslöa. Nageltrång
nonchalerades. Nostalgiskt nöje, noll nytt.
Nutidens närstående nivellering noterades.
Nattens nyheter noterades någorlunda

Nittonåringarna: något naivt. Några nunnor
nagelfor nudistfestens normalisering:
nutidsfasa. Natten nalkades naturligt.


Nattskärrans nachspiel noterades något.
Noblessen näktergalen nattvilade.

# Ordens ordning.

Ombergs okrönte ordförande ordnade offentliga ordkrysstävlingar.

Ordboksredaktörens order: omredigera ordboken omedelbart. Omoderna ord oidentifierbara också osedliga. Osviklig omsorg om orden ovärderlig, oerhört optimal

Ordenligt ordbruk oslagbart. Osvikligt och objektivt. Ordens ofrihet oroar.

Offentliga områden omkring oss oroar.
Opinionen ofri. Oroväckande. Ofta
oartikulerad, Ohörsamhet.


"Orda" ordenssällskap ordnade omtalade
ordlekar och olika ordbrukstävlingar.
Ordbrukarna ordnar offentliga ordtävlingar,
oslagbara och oförutsägbara. Operabiljett
optimala ordpriset.

Ostron, ostbricka och ostkaka omgärdar
ordfesten.

# Pålsboda prisvärda pizza.

Pizzerian Pålsboda Park presenterade perfekta, prisbelönade pizzan: *potatis, paprika, pepparrot, plommon, persilja.*

*Personalen presterade professionellt.* Promenerande pålsbodabor passerade pizzan, priset plågade.

Provade prinskorv på pensionatet. Prisvärt!

President Putin på pålsbodabesök passade på provsmaka pizzan. Perfekt! Paprikan passade presidenten precis. Provianterade. Pröjsade pundsedlar.

Privatplanet passerade Polen, piloten provsmakade påpassligt. Prisade påtagligt.

Putins potentater provbakade. Provsmakade prudentligt. Prisade. Perfekt, precis på pricken. *Pravda!* Potentaterna presenterade Pålsboda: Planetens pizzastad. Potentaterna postade present, paket putinporträtt: Pålsboda pizzabagare. Prisade pizzabagaren, planetens prisvärdaste.

Pizzabagaren placerade porträtten på pissoarer, påklistrade perversiteter.

Pålsbodapizzan publiksuccé, priset precis problemfritt.

Påfåglarnas prakt prydde pizzakartongerna.
Pilfinken prickar pizzabitar. Papegojans
påträngande prat plågar pizzagästerna.

QuoVadis quislingar?

# Reklamplanering

Rimbopostens redaktör redigerar
redaktionsarbetet; riks, regionalt, reklam.
Redaktionell reklam refuseras rejält.

Rimbo reklambyrå redigerar riktad reklam,
realiserar reklambudskapen. Rekommenderar
rejäla reklamköp, refererar riktiga referenser.

Reklamköparna: resebyråer, rörfirmor, riksdagspartier, reahandeln.

Redovisar rejäla resultat, reklamen realiserar riktiga rikedomar.

"Riksförbundet Riv reklamen" ryade: reklamera reklamen! Rutten, remarkabel. Reklamens resultat riskabelt, rysligt resursslöseri. ReklamTV riskerar redaktörskapets riktiga resultat. Radioreklam retar radiolyssnarna. Raka rör, rejäla rör riktigt reklambudskap. Responsen retroaktiv.

Rödhaken ratade respektlöst reklambudskapen. Råkan råkade råka räven, rivalitet riskerades. Räven raskar… Råbocken promenerar på parken, prålig, präktig, presentabel.

# Societetsfesten

Stockholms societesdam, Sophie, signalerade
superb sommar-supé. Suktade. Sände slutligen
SMS: Söndag sjätte september. Sofiero Slott.
Skåne. Stjärnkväll.

Släktingar saliga, sökte sina skräddare, som skulle sy sladdriga sidentrasor. Snofsigt, stilenligt.

Skvallerpressen superintresserade. Spaltmeter syntes senare. Sensationer, skandaler, skilsmässor säkrar sju spalter. Säljsuccé.

Sensommarkvällen startade svalt. Solbrända snubbar slukade snittar, spillde skumpa. Snacksaliga, smilande systrar, sambor, särbor söker samtalsämnen. Supébordet samlar smaksensationer. Smaskigt! Smakar suveränt. Snapsglasen stora. Stämningen stiger, sällskapet sjöng snapsvisor. Super. Sophie spelade *Stardust*.

Samvaron stökig. Sambadansen snurrade. Somliga sökte snabb stolgång. Smädigt. Sminket sjönk snabbt.

Samtliga såg solnedgången. Sexuell sensualism syntes senare. Somliga snarkade.

Söndagsmorgonens sömniga stockholmare sökte snabb samfärdsel. Stjärnkvällen slutade succesivt.

Storken signalerar snabb sensation.

Sälens spovar svängde söderut, skymtade silverblänkande Sundet, slutmål Sudan.

Storfjället Sälen siktar snar snö. Sälens sommardröm: Spovens sjungande sommardagar stundar.

# Tågintresse

Tranåsborna tolererade Tore, trots tvivelaktiga tokerier. Träffade tilltalande tonåringar. Tonårsfester: tryckande, trånande, trivsamt. Tore tillbringade tiden tidvis vid travsporten, tennisbanan, TVn. Tokerier tillkommer.

Tore tog taxi till Torekov, traskade tvärs över torget till tavernan. Tore törstade, trodde tavernan tröstade. Tog tranbärsjos till torsken. Torskade. Tavernaägaren tvingades torgföra Tore.

Tore trotsade. Tore tillbaka, tittade traditionellt till tio-tiden. Tog tre TT. Tvingades tilltoaletten. Tröttnade. Tingsrättens tokerier tänkte Tore totalnonchalera.

Tågförare tänkbart, tänkte Tore. Tolererar treårig teknikutbildning. Tågfart tvåhundra/timme trendigt. Teknisk triumf. Tilltalade Tore. Tänkte: tåg Tranås/Torekov tvivelaktigt, trodde turbofart till Trelleborg.

Tranornas trad till Torneträsk tilltalade tranåsborna. Tittade troget till tranornas tillfälliga tripp till Tåkern. Tittade tålmodigt till talrika tranors traditionella trandans.

# Ukas i Uppsala

Uppsalas ungdomars utspel: uppsaliensaren universellt utbildad. Utomordentliga universitetslärare utgör underlaget.

*Ukas utfärdas.* Uppsala universitet utbildar undersköterskor. Universitetslärarnas uppgift uppfordrande. Uppsalastudenterna uppskattade undervisningen.

Uppgifterna utdelades, undersöktes. Utomordentliga undervisningsresultat.

Ursula underkändes. Ursula utklassade Uppsala. Uppbragd. Undermålig undervisning. Umeå universitet utomordentligt uppskattad utbildning. Uppnosigt uttalande.

Undervisningsministern uppskattade Uppsalas upplägg. Uppmuntrade undersköterskornas utmärkta uppgifter.

Ultunas ugglor uppträdde unikt, underhållande.
Universitetsaulans undulater uppmuntrar
unkna universitetsföreläsningar.

# Vilhelmina väljer.



Valår. Vilhelminas valkrets väntade valresultatet. Vuxendemokraterna väntade valframgång. Valprogrammet var välgenomtänkt valfläsk.

*"välståndsutveckling, vegansubventioner, vandelförhöjning"*

Valgeneralen Vilhelmina vann välförtjänt. Valvakan var vräkig. Valframgången ven. Varierande vita viner viktiga.  Whiskypinne vankades. Valvakansdeltagarna visade vinnaryra, vinglade visst.

Vuxendemokraterna valde Vilhelmina: välståndsminister. Vassa visioner visade växande välstånd.

Vapentillverkningen vidgades väsentligt. Vapen viktiga, vidarebefordrar världsfred.

Världshavens valar vandrar vidare. Vilka valfuskar? Valen? Vuxendemokraterna? Vetenskapen vill veta.

Vargen vill visst visitera visthusboden.

X:et xylograferade.

Sven Eriksson

Yngve, yrkeslärare, Yxnanäs yrkade ytterligare yttrandefrihet.

Ylva, yuppie, yvig. Ylva, ypperlig yrkeskvinna. Yrkade yngre yrkeslärare.

Yorkshireterriern yster.

zZz

Zinkhyttans zigenare zoomfotograferade
Zetterlund, Zetterling, Zetterström. Zorn
zoologistuderade.


(Monica, Maj, Eric, Anders)

# Ålfiskaren.

Åke Åberg, Ådalens återvändare. Ålfiskare.

Åklagaren åtalade Åke. Ålfiskade åtta ålar.

Ångermanälven. Ålfiskebrott. Åke åt åtskilliga ålrätter. Åkes åsikt: återerövra ålfiskerättren, åtgärda ålamörkret.

Åtala åklagaren. Återuppta ålodlingen! Åklagaren åtgärdade åtskilliga åldersdigra åkdon.

Årtusenden ålade ålarna åt ålhavet, återkom
årligen.

Åhus återkommande ålagille återuppstod. Åke
åkte Ådalen/Åhus. Åke åtrådde årliga ålagillet.

# Änglarna i Ängelholm.

Ängelholms änglar, ängens älvor

ärevördigt.

Ämabla änkan Ädla älskade äldre änklingen Ärling. Äldre ängelholmsbor äskade äktenskapsförbud. Äktenskapet är äkta. Älska äldre är ärbart.

Äldreboendet Ätrans äreport ärade
äktenskapet.

Äldrefesten är äkta, ädel änglamat, ädelost,
äpplekaka.

Älskog ändade äventyret.

Även ängens älvor älskar änglamat.

Älgen älskar ädelskogen, äter ätbara ämnen.

# Örnens ögonkapacitet

Öturisterna ökade. Ölandsbron

Ökar överfarten. Önskvärd. Öturistchefen

överlycklig.

Överste Öberg, ökänd, övade östrekryter öster
Öland. Övningarna överambitiösa, överdrifter

ödelade önskvärda övningsresultat. Övertramp
överhuvudtaget.

Överraskningen, öltunnan öppnades, ölet
överflödade, Ömsesidigt örfilskrig öppnades.
Ömkligt. Öronsprång, ögonblånader, ömma
ögonlock överallt. Översten överförfriskad.

Överbefälhavaren överraskade. Önskade
översten ödesdigert öde.

Örnens öppna ögon övervakade övningen,
önskade överta övergivet öringrens. Örnens
överflygande över övningsfältet överträffar
överstens övningar.

Örnen överblickar Öland, överlägsen översten.